CHARLOT EST UN PHENOMENE
par
Benjamin Rabier

Charlot est un chien basset entraîné, éduqué pour la chasse par son maître M. Lupino.

Malheureusement pour ce pauvre M. Lupino, son chien a du cœur, il est sensible et bon. Voit-il un lapin bondir devant lui? Vite il fond à sa poursuite; et, méconnaissant alors ses devoirs de chien courant, devoirs qui lui commandent de savoir amener à portée du fusil de son maître le gibier poursuivi, il le contraint au contraire à s'éloigner au plus vite.

Puis il le dépasse, l'arrête et lui tient gentiment ce langage amical :

— Tu es fatigué, hein, petit?

— Oh ! oui... monsieur le basset...

— Eh bien, monte sur mon dos; et je vais te conduire chez toi.., moi je suis solide !

— Vrai !!! Est-ce possible? Vous ne me trompez pas, monsieur le basset ?

— Je n'ai jamais trompé un lapin... foi de Charlot !

Encouragé par la mine bon-enfant de Charlot, le lapin grimpe sur l'échine du chien et se laisse docilement conduire; ou plutôt, se servant des oreilles de son coursier, tout comme un cocher se servirait de guides, il dirige le chien de chasse vers le terrier familial. Aussitôt, il s'y engouffre,

après avoir pris soin de remercier son sauveur en ces termes :

— Au revoir, monsieur Charlot... et merci... Jamais de ma vie, je ne vous oublierai...

Content de soi, le basset retourna tranquillement vers son maître; mais

c'est l'air contrit, la mine penaude, et la queue entre les jambes qu'il se présenta devant lui.

— Je vois ce que c'est, dit M. Lupino; tu as encore manqué de flair, et tu as perdu la piste du lapin.

Jamais je n'ai vu chien de chasse plus maladroit que toi. Quel phénomène tu fais !!!

La bonté de Charlot était devenue proverbiale jusqu'au fond des forêts et des bois d'alentour. Tous les habitants sylvestres s'inclinaient sur son passage.

Charlot étendait sa sollicitude à toutes les espèces de gibier ; et d'une façon générale à toutes les bêtes susceptibles d'être victimes de l'homme. Il défendait un escargot tout comme il aurait défendu un sanglier !

Lorsque, sur la lisière d'un bois, il voyait passer le chasseur d'escargots, vite il le dépassait et se livrait à une occupation qui

aurait semblé mystérieuse au plus adroit curieux, non initié à ses ruses.

Charlot ramassait des feuilles de platane ou de catalpas, choisissant de préférence les plus larges.

Rencontrait-il sur son chemin un escargot, vite

il étendait sur lui une feuille bien large, afin de le recouvrir complètement.

— Tiens-toi tranquille, lui disait-il... Voilà le chasseur d'escargots.

Et Charlot sauva la vie à des milliers de mollusques.

Quand venaient les fortes chaleurs, Charlot était navré de voir tant de pauvres petits animaux souffrir des ardeurs du soleil. Aussi résolut-il de faire cadeau d'une ombrelle à chacun d'entre eux. Tous les champignons à forme d'ombrelle qu'il trouva, il les ramassa pour en faire une distribution immédiate à toutes ces petites bêtes susceptibles de les utiliser. Il poussa même l'obligeance jusqu'à fixer l'ombrelle improvisée sur certains animaux au moyen de cire à cacheter. C'est ainsi qu'une tortue fut gratifiée d'un superbe parasol aux tons chatoyants. Jamais la pauvre bête ne s'était trouvée à pareille fête ; elle qui se plaignait tant des ardeurs de Phœbus dont les rayons rôtissaient sa carapace.

x x

Bien garantis contre le soleil, les escargots purent se promener tranquillement. Quel bien-être pour eux qui, pendant la période d'été, en étaient réduits à se tenir blottis dans leur « home » portatif !

Dans la prairie et sur les chemins, quelle fête pour ces pauvres colimaçons jusqu'alors si incommodés par les chaleurs d'août...

Charlot distribua aussi des ombrelles aux mulots et aux musaraignes de la vallée... Aussi vit-on, certain jour de pluie, quelque jeune mulot galant s'avancer vers une accorte musaraigne et lui offrir de l'accompagner sous l'averse jusqu'au domicile de ses parents !

Assis sur un talus, Charlot assistait de loin aux scènes charmantes dues à sa géniale idée de distribution d'ombrelles.

Comme il avait raison, Monsieur Lupino, de dire : « Quel phénomène que mon chien ! »

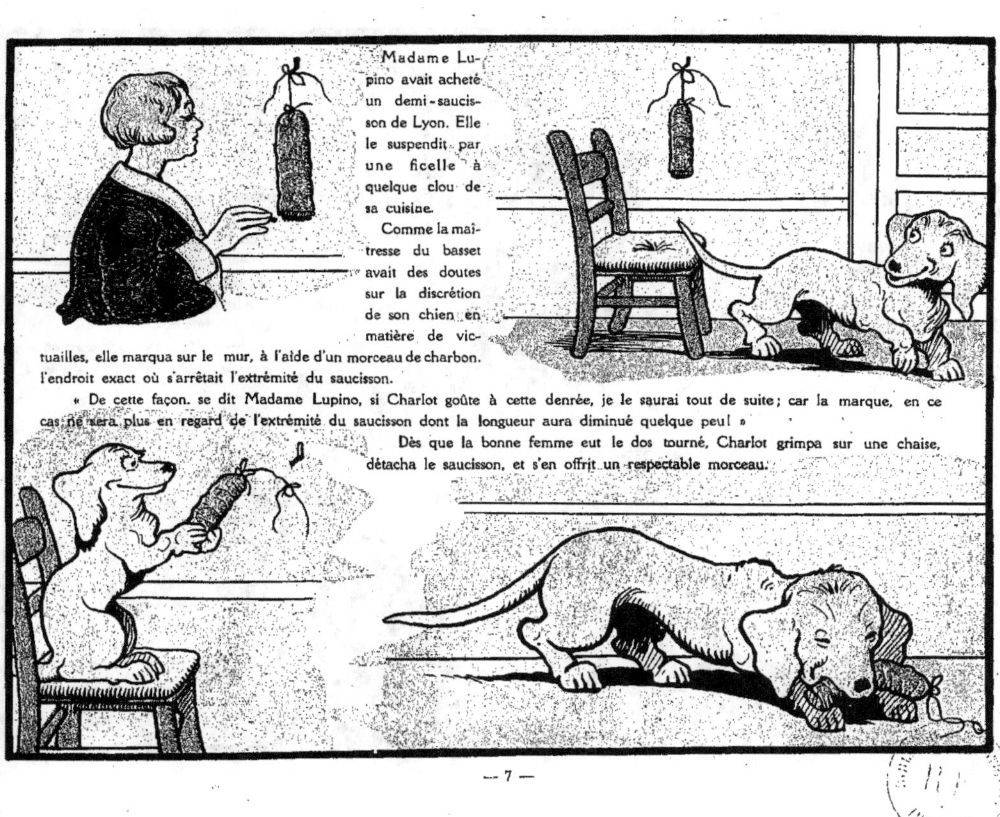

tuailles, elle marqua sur le mur, à l'aide d'un morceau de charbon.
l'endroit exact où s'arrêtait l'extrémité du saucisson.

« De cette façon. se dit Madame Lupino, si Charlot goûte à cette denrée, je le saurai tout de suite; car la marque, en ce cas ne sera plus en regard de l'extrémité du saucisson dont la longueur aura diminué quelque peu! »

Dès que la bonne femme eut le dos tourné, Charlot grimpa sur une chaise, détacha le saucisson, et s'en offrit un respectable morceau.

C'est alors qu'une fois le forfait consommé, le basset songea aux moyens à employer pour faire disparaître toute trace de son excessive gourmandise.

Pour obtenir ce résultat, ne pouvant allonger le saucisson, il allongea la ficelle.

Le saucisson descendit le long du mur; et sa partie inférieure vint effleurer, comme auparavant, le trait fait au charbon pour en fixer l'extrémité.

Quand Madame Lupino revint dans sa cuisine, elle poussa une

exclamation de surprise vite transformée en crise de colère; et Charlot reçut sans tarder une volée de coups de bâton.

— Et moi qui croyais si bien, se dit Charlot, que la patronne n'y verrait que du feu!! Faut-il tout de même qu'elle soit maligne pour s'être aperçue si vite de mon larcin!

Aujourd'hui, Charlot se promène sur le bord de la rivière. Son cœur
sensible s'apitoie sur une quinzaine de petits gardons, qui se débattent dans
une vieille boîte à lait de quelque heureux pêcheur.

Comment rendre la liberté à ces misérables petites bêtes aquatiques?

Une idée vint soudainement à Charlot. Pourquoi ne pas utiliser la boîte d'allumettes et le pétard de feu d'artifice qu'il vient de trouver

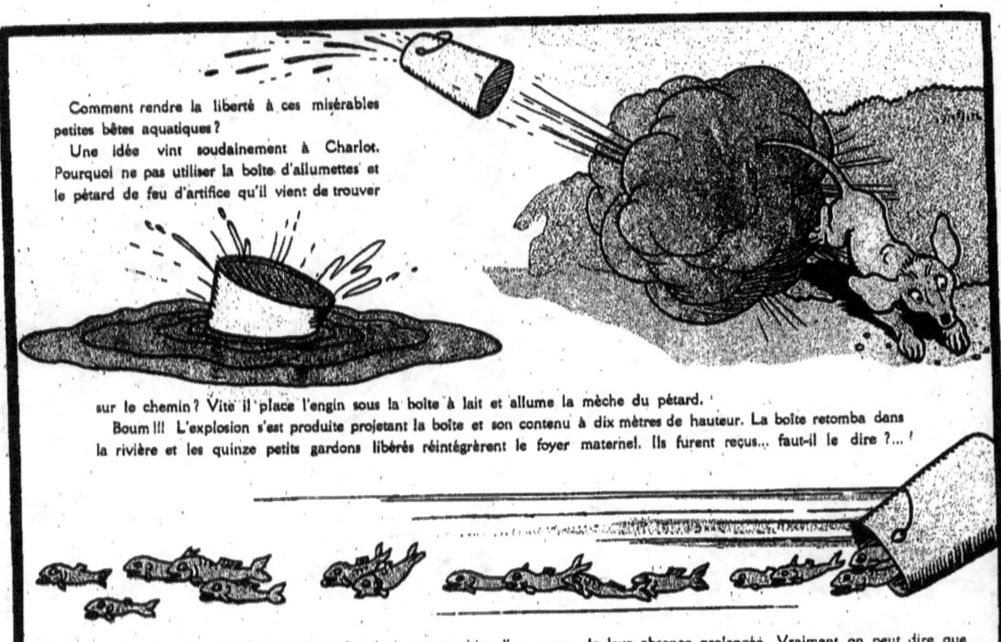

sur le chemin? Vite il place l'engin sous la boîte à lait et allume la mèche du pétard.

Boum!!! L'explosion s'est produite projetant la boîte et son contenu à dix mètres de hauteur. La boîte retomba dans la rivière et les quinze petits gardons libérés réintégrèrent le foyer maternel. Ils furent reçus... faut-il le dire?...

à nageoires ouvertes par leurs parents inquiets, comme bien l'on pense, de leur absence prolongée. Vraiment on peut dire que Monsieur Lupino a raison de traiter son chien de phénomène!

Charlot compte parmi les lapins de nombreux amis. Aussi est-ce en la société de ces mammifères qu'il passe le meilleur de son temps.

Il leur apprend à danser et à se tenir dans le monde
Le voilà professeur de danses et de belles manières ! !
Et, en échange de leur amitié, Charlot leur a promis de
les débarrasser d'Alfred, un jeune renard dont la haine implacable les poursuit
Un matin, le basset phénomène avisa un panier de provi-
sions, panier muni d'une anse et de deux couvercles, déposé au pied du mur de la maison de M. le Maire.

Charlot s'arrêta à côté du panier et il attendit patiemment le passage d'Alfred. Celui-ci d'ailleurs ne tarda pas à se montrer.
— Hé ! bonjour, Monsieur le Renard ! que faites-vous donc en ces parages ?
— Je cherche mon déjeuner... rien de plus.
— Comme vous tombez bien ! Il y a au fond du panier un petit jambonneau rose. Pour l'avoir, juste la peine de le prendre !
Sans plus tarder, Alfred souleva le couvercle; et comme il n'apercevait pas de jambonneau dans l'intérieur du panier il y entra résolument. C'est ce qu'attendait Charlot.
D'un bond, se faufilant sous l'anse, il bondit sur le panier, maintenant ainsi fermés les deux couvercles

Le renard était fait prisonnier !!

Seule, sa queue dépassait, attestant la présence du rusé dans la geôle d'osier.

Le maître de Charlot arriva et captura facilement Alfred.

Des mains de M. Lupino, il passa dans celles du fourreur et termina sa vilaine existence en parant, l'hiver, le cou de la frileuse Mme Lupino.

Depuis ce jour, le renard n'inspire plus aucune terreur.

Quand les volailles et les lapins passent près de lui, c'est avec un regard de dédain qu'ils le dévisagent. Depuis ce matin, Charlot a un méchant mal de dents... un mal de dents accompagné de fluxion.

A cette occasion, Mme Lupino lui a confectionné une compresse que le basset maintient sur sa joue en utilisant comme mentonnière ses deux oreilles retenues par une épingle de nourrice.

Deux jours ont suffi à le guérir ; et c'est fort joyeux qu'il a repris le cours

de ses promenades aventurières et périlleuses.

Lorsque, pour courir, Charlot était gêné par ses oreilles, il tenait leur extrémité dans sa mâchoire, les plaquant ainsi contre sa tête... Oui, mais depuis, il a trouvé mieux. Il emploie une attache de blanchisseuse pour maintenir ses oreilles par trop vagabondes.

Voici Charlot en arrêt devant un pot dont le fond contient encore un peu de miel.

Il voudrait bien goûter à l'onctueux aliment... oui... mais comment ? Ses pattes sont trop courtes pour atteindre le fond, et sa tête trop grosse pour passer par l'ouverture du pot !

Une idée lui vint : il se retourna et plongea sa longue queue dans le récipient.

Charlot n'a plus maintenant qu'à ramener son appendice caudal et à en retirer, peu à peu, tout ce qu'il a pu rapporter de miel...

Aujourd'hui Charlot est devenu vieux; tous les animaux qui passent près de sa niche viennent lui dire bonjour et lui présenter leurs hommages; car le basset a laissé dans leur cœur un souvenir reconnaissant pour son obligeance secourable et son inlassable bonté.

Seuls, les hommes, qui n'ont pas compris tout ce que le cœur de ce chien pouvait renfermer de beaux sentiments se contentent de dire, quand ils l'aperçoivent:

— « Tiens, voilà Charlot... le chien phéno- mène! »

Pauvres hommes!... Ils ne savent pas...

Paris. — Imp. Paul Dupont (Cl.). — 79.5.28.